좋은

날들

좋은 날들

초판 1쇄 인쇄 2018년 7월 14일
초판 1쇄 발행 2018년 7월 21일

지은이 한은서
책임편집 조혜정
디자인 그별
펴낸이 남기성

펴낸곳 주식회사 자화상
인쇄,제작 데이타링크
출판사등록 신고번호 제 2016—000312호
주소 서울특별시 마포구 월드컵북로 400, 2층 201호
대표전화 (070) 7555—9653
이메일 sung0278@naver.com

ISBN 979-11-963934-6-5 03810

ⓒ한은서, 2018

이 도서의 국립중앙도서관 출판예정도서목록(CIP)은 서지정보유통지원시스템 홈페이지
(http://seoji.nl.go.kr)와 국가자료공동목록시스템(http://www.nl.go.kr/kolisnet)에
서 이용하실 수 있습니다.(CIP제어번호: CIP2018021913)

좋은
날들

한은서 그림 에세이

자화상

차례

Part 1

따뜻한 시선

좋아해 하고서 꼼질거리던 그 손에
고개를 푹 숙이고 들지 못하던 그 얼굴에
감춰왔던 수줍음이 만개한 그 볼에

봄이 묻어 있었다

나를 숨 쉬게 하는 건
세상을 감싼 산소가 아니라
너의 눈빛이었다

아주 긴 시간 동안,
우리는 우리였음 좋겠다

#004

여태껏 모든 일이 다

너를 만나기 위해서
일어난 것만 같아

#005

벚꽃물 든 볼이 볼록 올라가고
옅은 볼우물이 패이고
눈이 꽃처럼 사르르 접히는

그 순간

아주 가끔 새벽녘 햇살 같은 미소를 짓는 소년에게

나는 묻고 싶었다.

행복하냐고

너를 웃게끔 하는 것이 내가 되기를,

너의 바다가 되고 싶다고,

행복했으면 좋겠다고
그렇게 말하고 싶었다

#006

만남은 쉽지만   관계는 힘들다

그렇기에 친구의 존재가   소중하다

사랑을 한다는 것은

언제나 파도에 무너질 모래성과 같은 마음이어야 한다는 것을

있잖아, 내 추억들 속에서,
점점 빛날 내 젊은 날에 잠시 머물고 가줘서,

고마워. 진심이야

#009

생각이 짙어질수록

이유 없는 그리움도 짙어졌다

이 시간에
이 바람에
이 햇빛에
네 삶에
내가 한 장 잠시 있었단 것을 알아주길 바라며

책 사이에 사랑 하나 끼워두었다

친바람에 에는 살을
숨기기 바빴다

굳어질 때까지
아파야 한다

너를 떠올리는 이 새벽같이

너를 볼 때 난 항상 미아가 되곤 했다

시선을 잃거나, 마음을 잃거나

울고 싶어도 울지 못하는

어른이 되어버렸다

누군가 한 명쯤은 널 만나기 위해 온갖 삶을 거치고,
걷지 않아도 될 길을 걷고,
울지 않을 일에 자주 울고,
받지 않아도 될 상처를 다 받아가며
너를 만나기 위해 걸어오고 있을 거라고

말해주고 싶었어

안개가 자욱한 날
모든 것이 괜찮지 않았으나
괜찮다고 해야 했다

삶과 사람은 단어조차 닮아서

그 사람의 삶까지
사랑하게 되는 걸까

가끔씩은 궁금해

네 속에 있는 내 방의 크기가 이제는 어느 정도인지.

한가운데에서 펑펑거리며 살다가

구석에 박혀 있는 나의 모습은 네게 어떻게 그려지는지.

너도 한 번씩 그 방을 들여다보는지.
아니면 내가 먼저 너를 질러서
너 안에 잠시 머물 때가 있는지

#016

사랑은 늘 반복인데,
새사람을 만나면 바뀌는 줄 알아

여전히 사랑은 사랑인데

그래,

어쩌면 아무도 쉽게 믿지 못하게 된 건
그만큼 사람을 믿어왔다는 이야기일지도 모른다

촛농이 굳어 그 잔상만 남은 초가
아름다울지, 슬퍼 보일지 판단하는 건.

결국 내 몫이야

내가 널 좋아하는 이유는

유난히 예뻐서도 아니고 유달리 착해서도 아니고
너의 불안함까지 나에게 들려주었기 때문이야

참, 모든 것이 서툴다

누군가를 위로하는 것도,
헤어짐을 이겨내는 것도, 시간을 빨리 보내버리는 것도

삶이 잿빛으로 물든 것만 같을 때,

그대를 생각한다

지금 이 순간도,
지나고 나면
무언가의 출발점이지 않겠느냐고.

#021

'오늘을 어떤 날로 만들까?'

#022

기다리면 다 자신의 때가 온다

형식적인 위로보다는 마음을 다독이는 책 속의 한 줄이,
그냥 지나친 은은한 달빛이

나를 더 위로해줘

#024
백옥같이 피부가 하얗고
입술 위엔 열기가 묻어 붉었고
때때론 노랗게 통통 튀었으며

서늘한 파란색을 띠기도 했다

내뱉어야 할 말을

괜찮다는 말과 바꿔서 삼키지 말길

왜 어째서 슬픔이라는 감정은

기쁨과는 다르게 이렇듯 튼튼한 걸까?

#027

누군가의 말에 휘둘리지 않고 나아갈 수 있기를

누군가의 사랑보다
내가 나를 더 사랑할 수 있기를

갖은 새싹의 투혼이 있었기에

지 금 네 가 꽃 이 라 는 사 실 을

안녕이란 한 단어로
나의 밤을 그렇게나 울려놓고
너는 또 이리 찬란하게 해가 되어

나의 하루에 떠오르는구나

성숙의 기점에서 어른이 된다는 것을

조금 미루고 싶었다

밤을 지새우며 돌아가는 것들이 있다.

모두가 잠든 시간에

그 자리에서 움직이지도 않고

머무르는 것들

가령 높게 뜬 달이라거나
창밖의 가로등이라거나
새벽 사이로 걸어올 당신을 위하여
언제든 밤을 밝히는 것들

흙먼지 길 위에서도
덩그러니 서서
당신을 생각하는 나와 같이

사랑은

사람이 변하지 않는다는 것을 인정하는 데서 시작된다

내가 너에게 넉넉한 사랑을 줄 수 있는

그런 사람이 되었으면 좋겠다

#033
계속 걸어가자.
아무리 아프고 힘들고 지치더라도 끝까지 가다 보면
언젠가는 기쁨이 두 배가 되어 있을 테니

#034

오랜만에 올려다 본 하늘에
하필 별 하나가 빛나고 있었고

그 틈에 잊고 있던 네가 일렁였다

그날 내가 그리웠던 건 목표가 있던

그때의 나였다

네가 한 선택이 맞고,
네가 가는 길은 꽃길이 맞다.

그러니 두려워하지 말고,
자신감을 가지며 걸어 나가기를

언젠가는 네가 원하는 곳에

원하는 만큼 서 있을 수 있을 테니

오랜만에 만나도 마치 어제 만난 것처럼
어색하지 않고 반가운 사람.

나도 누군가에게 그런 사람이 되고 싶다

평생을 찾아 헤매던 빛,

너 였 다

처음 만났던 별안간 그때처럼

'우리'의 온갖 전제는 오늘도 사랑이길

너는 마치 흐려본 적 없던 것처럼 아름답고, 빛나고, 맑고.

네가 밝아서 미치도록 좋다

화려하게 꽃피던 청춘이 저물어 가도

그 사람만의 고유한
아름다움이 남아 있는 것처럼

우리의 머리 위로 꼬리별들이
우수수 쏟아졌다

산 아래 반딧불이들은
너의 놀 언저리에 돌아다녔고

식히고자 담근 시냇물들은
한기도 없이 그저 좋게 우리 발을 감쌌다

아름다웠다. 이 모든 것들이

진정한 배려는
상대방이 먼저 마음 열고 말을 꺼냈을 때,

함께 기쁨을 공유하거나,
위로를 해주는 데 있다

한 방울의 잉크가 물가에 번졌는데, 강 전체가 물들었고

한 줄기의 빛이 번져
따스함을 일으켜 봄이 되었다

#043

그대와 눈을 맞추고 이야기를 하고 있으면
별것도 아닌 일들이 벚꽃 필 때를 이야기하는 것처럼

사랑스러워진다

너는 담겨진 꽃보다 더 투명하고 빛이 나는

모든 것들을 담을 수 있는
그릇을 가진 꽃병 그 자체이니

나는 그러지 않을게.

적어도 너에게는

다리를 닦는 수고로움이 생겼다

애써서 걸음걸이를 고치지진 않았다

너는 모른다

동여맨 나의 마음이 얼마나 휘청이는지

밤사이 내린 비에 흠한 물을 먹어

얼마나 무거운지

당신을 사랑스럽게 바라보는 사람이 있다는 것을

잊지 않고 살아가기를

#047

멈춰도 아프고 달려도 아픈 거라면
끝까지 달려서 나의 기쁨을 잡을 수 있게

나는 계속 달리고 웃어볼 것이다

Part 2

과정들

부드러운 눈매

감정이 잘 드러나는 '눈'은 모양이나 색에 따라 다양한 느낌을 낼 수 있다.
눈은 섬세한 터치를 위해 색연필을 자주 깎는 게 좋다.

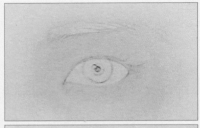

1 밝은 살구색으로 전반적인 톤을
깎아준다.

PC 927

2 밝은 갈색으로 눈썹을 전반적으
로 채운다. 이때 눈썹 결에 상관
없이 손에 힘을 빼고 그린다.

PC 945

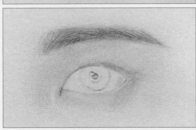

3 눈 주위로 피부톤을 두 겹, 세 겹,
여러 번 쌓아 올린다. 손에 살짝
힘을 주고 깎아놓은 눈썹톤 위로
눈썹 결을 그린다.

PC 939, PC 945

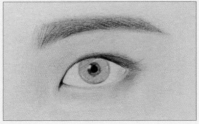

4 쌍꺼풀라인 쪽은 짙은 갈색으로
음영을 주고, 아이라인을 그리면
서 쌍꺼풀라인도 살짝 강조한다.
눈동자에 톤을 깎아준다.

PC 1001, PC 945, PC 947,
PC 1021

*일러두기: 설명에 덧붙인 색연필 번호는 책의 152쪽에서 색을 확인하실 수 있습니다.

5 원하는 색을 골라 화장을 시키듯 색을 올린다. 이때 붉은 톤을 올리는 것이 자연스럽다. 눈동자테두리 부분을 진한 색으로 채운다.

PC 929, PC 1005, PC 1065

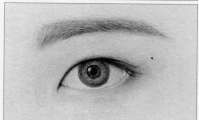

6 눈의 흰자 부분을 연분홍색으로 채운다. 이때 같은 색으로 눈 주위도 살짝씩 터치해주면 좋다.

PC 928

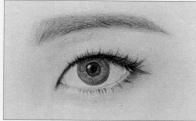

7 손에 힘을 풀고 속눈썹을 그린다.

PC 947

8 화이트 펜으로 눈동자와 애교살 부위를 터치해 빤짝거리는 느낌을 더해준다.

젤리롤펜 사용

표현해보기

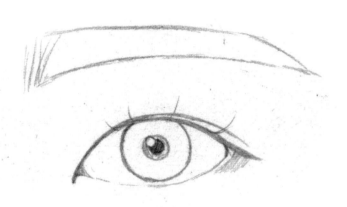

따뜻한 입술

입술은 다양한 색이 필요하진 않지만, 입술 주름이나 광택 등 묘사해야 할 부분이 많다.
채색은 입술 주름 방향으로 하고, 채색 단계부터 하이라이트 부분을 제외하고 칠하는 게 자연스럽다.

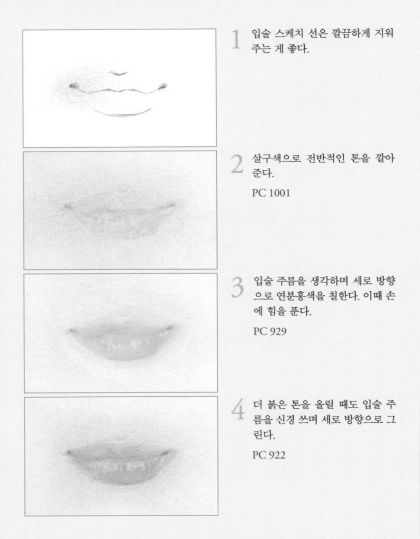

1 입술 스케치 선은 깔끔하게 지워
주는 게 좋다.

2 살구색으로 전반적인 톤을 깔아
준다.

PC 1001

3 입술 주름을 생각하며 세로 방향
으로 연분홍색을 칠한다. 이때 손
에 힘을 푼다.

PC 929

4 더 붉은 톤을 올릴 때도 입술 주
름을 신경 쓰며 세로 방향으로 그
린다.

PC 922

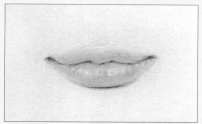

5 톤을 더 올린 후, 입꼬리와 입술
밑을 짙은 갈색으로 구분시킨다.

PC 945, PC 947

6 화이트 펜으로 입술 중앙을 터
치해서 반짝거리는 느낌을 더해
준다.

젤리롤펜 사용

7 하얀색 색연필로 입술 경계들을
부드럽게 풀어준다.

PC 938

살랑이는 머리카락

머리카락을 그린다는 생각으로 한 가닥씩 섬세하게 표현하는 것이 좋다.
머리색은 대부분 어두워서 하이라이트를 잘 표현하면, 부드러운 머릿결 표현이 가능하다.

1 따듯한 브라운 컬러를 전반적으
로 깔아준다.

PC 940

2 머릿결 방향으로 한 가닥씩 그리
듯 천천히 그린다.

PC 945

3 머리의 빛 받는 부분을 하이라이
트로 남겨두고 계속 톤을 채운다.
대비가 강할수록 머릿결의 윤기
를 잘 표현할 수 있다.

PC 945

4 짙은 브라운으로 어두운 부분을
칠한다.

PC 947

5 손에 힘을 풀고 머리 주변의 잔머
리를 표현한다.

PC 947

6 완성.

발그레한 얼굴톤

피부는 가장 손이 많이 가는 단계이다.
한 번의 진한 발색보다 여러 번의 연한 발색이 더 자연스럽다.
색연필을 뾰족하게 깎아 톤을 조심스럽게 겹겹이 쌓는다.

1 얼굴의 스케치 선은 연필자국이
거의 남지 않게 지운다. 이때 잘
지우지 않으면 색연필과 섞여 지
저분하게 채색된다.

2 밝은 살구색을 전반적으로 깔아
준다.

PC 927

3 빛 받는 부분을 제외하고 좀 더
진한 살구색을 칠한다. 빛 받는 부
분은 화장할 때 하이라이터 영역
을 생각하면 된다.

PC 939

4 눈 주위와 볼, 입술에 붉은 색을
올리며 얼굴에 혈색을 표현한다.

PC 929

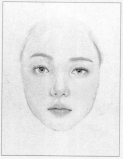

5 눈, 코, 입을 표현한 후 다시 한
번 피부톤을 확인하고, 부족한 톤
이 있다면 색을 올려준다. 마무
리 되면 밝은 브라운 컬러로 어
두운 부분을 잡아준다. 어두운 부
분은 화장할 때 쉐이딩 영역을 생
각하면 된다. 얼굴톤에 비해 어두
운 색이므로 손에 힘을 빼고 칠
해야 한다.

PC 945

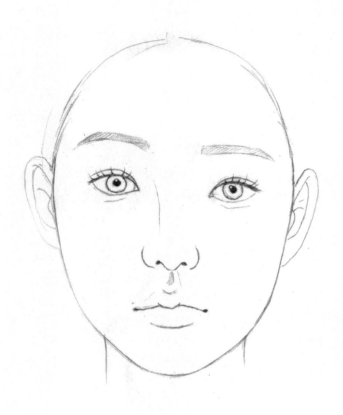

Part 3

컬러링

작가 후기

하얀 도화지를 위에 따듯한 그림으로
나의 하루하루를 남기며,
언젠가 돌아볼 나의 날들이
편안함 속의 좋은 날들이기를.

글귀 출처

001 '봄의 냄새' 중에서, 『간격의 미』, 백가희 지음, 도서출판 쿵, 2017.

002 '천국, 단서' 중에서, 『당신이 빛이라면』, 백가희 지음, 도서출판 쿵, 2017.

003 '우리는 우리였음 좋겠다' 중에서, 『간격의 미』, 백가희 지음, 도서출판 쿵, 2017.

004 '인연' 중에서, 『실은 괜찮지 않았던 날들』, 가린 지음, 도서출판 쿵, 2018.

005 '봄이 피었다' 중에서, 『당신이 빛이라면』, 백가희 지음, 도서출판 쿵, 2017.

006 '다시 찾아온 생각' 중에서, 『아무렇지 않게 사는 것 같지만 사실 나는 아프다』, 문기현 지음,
     자화상, 2017.

007 '이제는 알아버린' 중에서, 『간격의 미』, 백가희 지음, 도서출판 쿵, 2017.

008 '하늘에게' 중에서, 『간격의 미』, 백가희 지음, 도서출판 쿵, 2017.

009 '생각과 그리움의 상관관계' 중에서, 『간격의 미』, 백가희 지음, 도서출판 쿵, 2017.

010 '책갈피' 중에서, 『간격의 미』, 백가희 지음, 도서출판 쿵, 2017.

011 '미아' 중에서, 『당신이 빛이라면』, 백가희 지음, 도서출판 쿵, 2017.

012 '울지 못하는 어른' 중에서, 『어른이 되긴 싫고』, 장혜현 지음, 자화상, 2017.

013 '운명' 중에서, 『당신이 빛이라면』, 백가희 지음, 도서출판 쿵, 2017.

014 '너를 위해' 중에서, 『간격의 미』, 백가희 지음, 도서출판 쿵, 2017.

015 '삶, 사랑, 사람' 중에서, 『너의 계절』, 백가희 지음, 도서출판 쿵, 2018.

016 '연애담' 중에서, 『간격의 미』, 백가희 지음, 도서출판 쿵, 2017.

017 '오묘한 세상사' 중에서, 『무뎌진다는 것』, 투에고 지음, 자화상, 2018.

018 '잔상초' 중에서, 『무뎌진다는 것』, 투에고 지음, 자화상, 2018.

019 '숨 쉴 곳' 중에서, 『어른이 되긴 싫고』, 장혜현 지음, 자화상, 2017.

020 'Good night, Friends' 중에서, 『졸린데 자긴 싫고』, 장혜현 지음, 도서출판 쿵, 2017.

021 '어느 특별한 보통날' 중에서, 『무뎌진다는 것』, 투에고 지음, 자화상, 2018.

022 '내가 바로 이시대의 유행' 중에서, 『어른이 되긴 싫고』, 장혜현 지음, 자화상, 2017.

023 '위로' 중에서, 『무뎌진다는 것』, 투에고 지음, 자화상, 2018.

024 '사계' 중에서, 『간격의 미』, 백가희 지음, 도서출판 쿵, 2017.

025 '나, 안 괜찮아' 중에서, 『실은 괜찮지 않았던 날들』, 가린 지음, 도서출판 쿵, 2018.

026 '그땐 잘 몰랐어' 중에서, 『졸린데 자긴 싫고』, 장혜현 지음, 도서출판 쿵, 2017.

027 '내 삶은 내게만 오래 기억된다' 중에서, 『당신이 빛이라면』, 백가희 지음, 도서출판 쿵, 2017.

028 '청춘이 꽃이 되어' 중에서, 『간격의 미』, 백가희 지음, 도서출판 쿵, 2017.

029 '나의 해, 너에게' 중에서, 『간격의 미』, 백가희 지음, 도서출판 쿵, 2017.

030 '어른아이 아이어른' 중에서, 『간격의 미』, 백가희 지음, 도서출판 쿵, 2017.

031 '사랑은 어쩌면 난기류의 영향' 중에서, 『어른이 되긴 싫고』, 장혜현 지음, 자화상, 2017.

032 '조금 더 다가가는 길' 중에서, 『실은 괜찮지 않았던 날들』, 가린 지음, 도서출판 쿵, 2018.

033 '너의 행복이 보인다' 중에서, 『아무렇지 않게 사는 것 같지만 사실 나는 아프다』, 문기현 지음, 자화상, 2017.

034 '하필' 중에서, 『실은 괜찮지 않았던 날들』, 가린 지음, 도서출판 쿵, 2018.

035 '추억의 습격' 중에서, 『어른이 되긴 싫고』, 장혜현 지음, 자화상, 2017.

036 '유독 그런 사람' 중에서, 『무뎌진다는 것』, 투에고 지음, 자화상, 2018.

037 '나방' 중에서, 『간격의 미』, 백가희 지음, 도서출판 쿵, 2017.

038 '당신과 나의 전제' 중에서, 『너의 계절』, 백가희 지음, 도서출판 쿵, 2018.

039 '대체할 수 없는 것' 중에서, 『너의 계절』, 백가희 지음, 도서출판 쿵, 2018.

040 '변하지 않는 아름다움' 중에서, 『무뎌진다는 것』, 투에고 지음, 자화상, 2018.

041 '무심코 내뱉는 말의 무게' 중에서, 『무뎌진다는 것』, 투에고 지음, 자화상, 2018.

042 '번지다' 중에서, 『간격의 미』, 백가희 지음, 도서출판 쿵, 2017.

043 '하루의 끝' 중에서, 『당신이 빛이라면』, 백가희 지음, 도서출판 쿵, 2017.

044 '꽃보다 아름다운' 중에서, 『간격의 미』, 백가희 지음, 도서출판 쿵, 2017.

045 '적어도 너에게는' 중에서, 『무뎌진다는 것』, 투에고 지음, 자화상, 2018.

046 '시선' 중에서, 『실은 괜찮지 않았던 날들』, 가린 지음, 도서출판 쿵, 2018.

047 '너의 행복이 보인다' 중에서, 『아무렇지 않게 사는 것 같지만 사실 나는 아프다』, 문기현 지음, 자화상, 2017.

18쪽 '바다의 존재' 중에서, 『간격의 미』, 백가희 지음, 도서출판 쿵, 2017.

20쪽 '손' 중에서, 『간격의 미』, 백가희 지음, 도서출판 쿵, 2017.

42쪽 '가끔씩은' 중에서, 『실은 괜찮지 않았던 날들』, 가린 지음, 도서출판 쿵, 2018.

54쪽 '지금 이 순간, 당신 인생의 새로운 출발점이길' 중에서, 『실은 괜찮지 않았던 날들』, 가린 지음, 도서출판 쿵, 2018.

76쪽 '허물' 중에서, 『당신이 빛이라면』, 백가희 지음, 도서출판 쿵, 2017.

88쪽 '잘하고 있어' 중에서, 『실은 괜찮지 않았던 날들』, 가린 지음, 도서출판 쿵, 2018.

100쪽 '붙박이별' 중에서, 『간격의 미』, 백가희 지음, 도서출판 쿵, 2017.

112쪽 '비가 오면' 중에서, 『간격의 미』, 백가희 지음, 도서출판 쿵, 2017.

그림에 사용한 색

PC 1005

PC 927

PC 939

PC1001

PC 918

PC 934

PC 929

PC 922

PC 1032

PC 1021

PC 1061

PC 945

PC 947

PC 1054

PC 1007

PC 1003

PC 995

PC 928

PC 1091

PC 1079

PC 940

PC 926